U0681775

蛛网影生

任轶颐　著

中国言实出版社

图书在版编目（CIP）数据

蛛网影生 / 任轶颋著. -- 北京 : 中国言实出版社，
2015.11

ISBN 978-7-5171-1662-2

Ⅰ. ①蛛… Ⅱ. ①任… Ⅲ. ①诗集－中国－当代
Ⅳ. ① I227

中国版本图书馆 CIP 数据核字（2015）第 272027 号

责任编辑： 史会美
出版发行： 中国言实出版社

地址：北京市朝阳区北苑路 180 号加利大厦 5 号楼 105 室
邮编：100101
编辑部：北京市西城区百万庄大街甲 16 号五层
邮编：100037
电话：010-64924853（总编室） 010-64924716（发行部）
网址：www.zgyscbs.cn
E-mail:zgyscbs@263.net

经 销：	新华书店
印 刷：	武汉市洪林印务有限公司
版 次：	2015 年 12 月第 1 版 2015 年 12 月第 1 次印刷
规 格：	880 毫米 ×1230 毫 1/32 3.25 印张
字 数：	99 千字
定 价：	19 元 ISBN 978-7-5171-1662-2

目录

第一章

【长诗】

第一篇：牢

回家的路

孤独的脚步，
伴随着回家的路。
猫眼里的人，
形单影只。
我有些胆寒：
二十年来，
怕冒犯了这条路，
生怕踩痛
石阶上的青苔。
才明白 ——
冷漠真的吸纳了人。
火热的内心，
却在这寒冷的季节中，
被冷风
无情地吹灭。

看着我

（一）

有种喝血制度：
今天终于明白，
其实，我晃了二十年。
已被他们染上
不可洗刷的黑章；
邪恶的气息
渗透每一寸肌肤。

（二）

我坚定地行走，
纵使查封我的膝盖，
却无法阻挡向往远处的内心；
那里有自由的空气，
还有随心所欲的歌声。

（三）

我想狠狠踹一脚
这喝血的铺子，
她的眼睛却看着我，
教我如何呼吸？

礼节

穿上华美的旗袍，
盖上点点斑斓的纹章。
念着絮聒泛滥的碎语，
披着故弄玄虚的新衣。
不免 ——
已超载外表的重量
心呵，
怎样地不适其反！
反是又不思，
怕是 ——
积重难返！

我

我，
一条无奈的小鱼。
从海里蹦起，
渔夫挥网，
我的身体
紧紧缚住；
挣呀，挣呀……

我
一只盲目的飞蛾，
从破孔进来，
在玻璃灯罩上
撞得叮叮响；
在灯下喘气，
撞呀，撞呀……

我
一只孤独的海鸥，
在天宇遨游，
猎人射枪，
我的翅膀，
鲜血淋淋，
飞呀，飞呀……

烟火
点燃了漆黑的夜空，

化作千百道火光，
化了，化了……
我变成星星，
眨着明亮的眼睛，
这是最美的时刻。

我不愿为王

我不愿为王，
爱已经够我苦恼。

王权的道路：
是主子的期望，
不是我的迷宫大道。
何况，还有硕鼠潜藏在深处
像蚕茧一样，
啃食主子培育的种子。
在主子眼前，成为无声的奴仆。
在主子身后，诋毁！诽谤！

不愿走心攀登庄严，
可它建在冰山上，
到了中午，幸运的太阳
就化冰为水，
何况还有险峻坎坷君临在高处。
去吧王位！但是我若为王，
痛苦也未必很快到来。
到它来时，我已远在他乡，
已在大草原上放羊！

第二篇：梦影

青春飞扬

共同的岁月重来吧！
我在绚丽的舞台上，
用动人的旋律
和美妙的音符为你们配乐。

课堂中的讨论，
操场上的欢笑；
细雨绵绵里奔跑，
阳光明媚中郊游；
还有一起相聚：那温暖的、涌动的心⋯⋯

是时光飞逝的日子，
也是难以忘却的日子，
流星般的心愿，绽放天空，
陨石般的重压侵袭而来。
我们有激情、有信念，共同奋斗！
是纯真的日子，清冽的小溪缓缓流淌。
是焦虑的日子，渺茫的沙漠渴望绿洲。
蛛网缠绕的世界，我们挥剑斩割。
欢笑、哭泣、呐喊⋯⋯
这些不断挣扎的嫩苗，
终究长成雄伟苍劲的松柏。

共同的岁月都去吧！

再遥远的山巅，我不会松懈。

再险恶的战争，我不会退缩。

有一天：

磨完了刀，练完了剑，擦完了汗。

我想念你们，呼唤你们；

怀着崇敬的心情，永远凝视你 —— 青春。

我有一个梦想

何处寻找，仰慕的明天！
无数血汗，无数眼泪，
越过阻扰，翻过峭壁，
甚至伸长舌，跺脚；
无休止地寻觅着你的笑颜，
春绿秋黄，沧海桑田；
找到的总是那么凄婉迷茫，
难怪逃兵到处都是。

你究竟在何处？
当我找到你，
你已变成蛟龙。
与你搏斗三天三夜，
刺死，然后埋葬。
可怜啊，梦想，
你还会重生吗？

夜街

（一）

漫步在寂寥中，
一条幽黑的小街。
此刻谁还惦记着
太阳明亮的光芒？
明日的骄阳，
黄昏来临，
敲醒你了，
走了，远了……
明日的艳阳，
追根下来 ——
竟是黑夜撵走的缘故。

（二）

漫步在寂寥中，
一条深邃的小街。
垂头丧气的路灯，
撑开明亮之伞。
抚照伞下的人 ——
披着黑衣的绅士，
仿佛从天而降
站在这里。
当他抬头望天，
等待明日的太阳。
纵使此时见不到，
依然保持微笑。

他向天伸长两臂，
摸不着太阳，
却点亮了漫天繁星。

（三）

漫步在寂寥中，
一条深邃的小街。
绅士啊，绅士！
他朝我投来目光，
叹息般的眼神 ——
守候明媚。
我已不再期盼，
怕是 ——
望着无际的太阳，
失去明确的方向。

当我蓦然回头，
他朝我大声呼喊，
伸出双手，
那祈求般的眼神，
仿佛在向我求助 ——
明早是否会有太阳？
我呢？
该向他伸出援臂，
为他拼命抓太阳。
该跟他诉说真相：
太阳不再升起，
尖刀直捅他心底。
怎能让他为末日的太阳
朝绝望中逝世？

竭力向他跑来，
用太阳的最后一束微光

呵护他的手，
告诉他 ——
一定和太阳重逢。
梦中的天神将为他，
铺上星光斑斓的地毯。

绅士啊，绅士，
别像我一样 ——
披着迷茫的黑衫，
绝望中倒了，死了。
仿佛消逝的太阳
再也看不见光明。

（四）

披着灰厚衣，
踱步在凄清的小街。
在悠长的彷徨中，
多么希望遇见一个
抱着太阳的绅士，
永远绽放灿烂的笑脸。

第三篇：人生

玻璃瓶

那得意洋洋的玻璃瓶：
白天，泛着无数絮聒，
四脚朝天，光芒万丈；
当黑夜到来时，
总有些内在失去了踪影；
这是荧光的赐福。
玻璃瓶，你怎会知道？
你觉得——
耀眼的光芒是自己的功劳：
在桌子上炫耀，
在画框前摆阔。
在众人跟前展现时，
你就浑身僵住。

毒蛇

昨晚零星的灯火，
像炽热的火球，
满腔怒火；
却无处释放。
那精神抖擞的毒蛇，
扯着嗓门，
发着号令，
我该如何违抗？

清晨隐约的光亮，
是渴睡人的双眼，
无精打采；
却忠于职守。
那卑贱的毒蛇：
炫耀着它的狡诈，
射出毒液。
"神经？！"
我双腿有些发软，
难道她真的以为——
我会泄气？会罢休？！

感伤

那段随风而逝的流金岁月：
你笑着走向我桌旁。
告诉我 ——
真挚是你流淌的热血；
然后 ——
你，自作主张地，
用虚伪之美的纸砖，
建起友谊的塔楼。

那段永不回头的凶兆岁月：
你涕泪走近我身旁。
询问我 ——
要为你开辟轩敞之路；
其是 ——
你用叨唠的碎语，
诉起生活的不幸。
实是 ——
你用成堆的黄金，
填埋你穷乏的土壤；
像个鄙陋的贱妇。
你用温甜的言辞，
道出所有教唆条令。
也许 ——
伪装胜过你的仪表，
难道我是你手中的泥花
任你肆意地揉捏？

甚至 ——
你用陈词滥调，
为我堆起无聊之山。
这就是你 —— 同窗好友，
竟被你麻痹整整三年。
我是你手中的赝品，
不敢违抗你的要求，
怕你眉上皱起涟漪。

那段稍纵即逝的纯真年代，
感谢你的陪伴。
你是天上的凤凰，
我是土里的蚂蚁。
三年间 ——
你何曾真正问过：
我的忧闷在哪里？
我与你的时差，
竟如此之遥远！
静言彷徨中、思索中……
反复变心是你的老谱
贴金的友谊！
终成你手中的姿容，
化为我泪下的唾弃。

花公主

你那明媚的眼眸，
自认在任何场合，
都能赢得众人的赞赏；
你那粉嫩的嘴唇，
自信在任何交流，
像白玉兰一样，
透着露珠的芬香；
你那软弱的身体，
像羊蹄甲花，
在夜空中瑟缩地做梦。

你总是梦见春的到来，
为什么呢？ ——
你整日沉睡在大地呵护下：
春雨为你灌溉生命，
阳光为你送来棉被，
蜻蜓为你伴舞，
蜜蜂为你储存采摘甜蜜，
当我偶尔走向蔚蓝的土壤，
却被你莫名挡住。
难道这些都是你索取的赐福？
然后，所有人再将泪珠，
涂在你最末的花瓣上。
告诉你 ——
冬天总要来临，
而春天离你远去。

可怜的公主！
你总是赠予我慰安，
慰安背后，
留下的却是冷眼的微笑。
当我决然远离你的花香，
你竟时常跟随我。
我猜想 ——
你是受驱使的弱者。

好！不再说你了，
要收尾了，
是该同情你吧！

求乞者

谁愿作别人的债鬼？
流浪异乡的求乞者 ——
俯望不起眼的施舍，
自夸是资本家播下的种子。

悲催的求乞者，
睁开明眼吧！
那颗播下的种子，
是用废纸糊成的，
是用泔脚制成的，
是资本家豪笑的奖状。
而他们自认的贡献，
终将化作你的冤泪。

求乞者啊，求乞者
从损耗的碗里
找出自尊来。
当你擦干泪水，
发现 ——
破损的碗，
实是资本家的首次杰作。

野马

越过一千里峭壁才有源流，
跑过一千里荒漠才有草原，

北风的九月十月天，
峭壁成为灭火的隔障，
只有狂奔，
四脚腾空地狂奔，
眼前终见那久违的彩虹，
这是野马的梦想。
而她的脸庞：
像威严的太后，
永不绽放温柔的笑姿。
向众民施行酷刑，引来的
是无数贱人的巧语。
像辍耕不止的农妇，
不懂怎样停歇，涌来的
确是无尽汗水的疲惫。

卑微的野马，
当她胆汁泻尽了，
喂育的不是自己幼孩，
却是用绳鞭勒索你的车夫。
睁眼仔细一看：
车夫原是贪鼠狡狐的演变，
野马的血汗竟成无谓的付出。

可敬的野马

她不顾浑身蒸腾出的血气，

攀登自认为壮观的险峰，

和人间天堂一起自燃。

当她流尽最后一滴血，

她还能用筋骨飞奔千里，

最后扑倒在山顶上。

焚化成一朵

射人眼球的雪莲。

也许——

她的梦想腐化成无果的代价。

——还值得吗？

一封信

感情浓缩在字里行间，
真诚是你讲课的准则，
是我创作的源泉。
我时常梦见你：
翻阅叠山书本，
批改厚厚的试卷，
耕耘朵朵花香飘逸，
负着千山万水的疲惫，
不知你是否阅览过我的诗作？
不知你是否可为我解答疑惑？
—— 我心灵的导师。

没有你的邮寄地址，
我曾到处寻你，
—— 感谢你。
不知你可曾变了模样？

云

飘动的白云，
我要为你歌唱。
为你纯洁的笑容歌唱，
为你的天使般的心灵，
尽情歌唱。

我在歌唱，
你在漫步、嬉戏……
飘到少年的身边，
找寻自己的同伴。

愿所有思想的人，
都变成白云吧！
变大！大得无边无际，
没有人将你缚住。
变小！你不用担心被嘲笑。

你变成小鸟，
飞落在枝头，
用甜美的声音，
莺声啼啭。
你变成雨，
去抚摸大地，
去呵护小花、小草。

没有人把你框住，

没有人用"计划"、"安排"
把你变成机器人。
谁要你老老实实做人，
变成愚笨的泥娃娃？

你，一朵自由幸福的白云。
飘呀！飘呀！
早日飘到你的老家。

致——

我畏惧你的吻，强悍的女人，
你当然不畏惧我的；
我的灵魂负担过分沉重，
别再加重于我。

我畏惧你的仪容、音调、诱饵，
你当然不畏惧我的；
你的楼房、豪车环绕着我，
别再诱惑于我。

虚伪污浊，是我内心的愤慨。
求你不是那样的人，
我等待你的忏悔，一直……

第四篇：真理

地球，我的母亲

如果我是蓝天之上的苍鹰，
我要自由翱翔在你的身旁。
你宽广的胸膛温暖了我简陋的巢穴。
地球，我的母亲！

有人说：或许
你将变成一具骷髅，
团团废气侵蚀你的肺，
成堆纸屑践踏你的身体，
冷漠的刀斧割破你的血肉。

地球，我的母亲！
你绝望地哀叹着：
再也无法忍受这些欺虐，
你的示威开始了：
洪水冲垮了房屋，
大地裂开一道深深的鸿沟。
地球，我的母亲！
如何才能平息你那深深的怒火？
你正艰难地喘息，
我不想计算你的命数，
我愿永远依偎在你身边。

地球，我的母亲！

我知道：你伤心了，泪在流淌。
如果有一天，
你真的停止呼吸，
我愿变成一只苍鹰，
拼尽最后一丝力气
—— 为你守候，
发出最后一缕沙哑的声音
—— 为你虔诚梵唱，
但愿死后，
我的羽翼
能融入你宽广的胸怀，
寻找那渴望已久的慰藉！

奉献，愿是今天的延续

奉献，愿是今天的延续，
有谁觉得不悦或担忧？
不悦，是怕金钱
从口袋中潜逃；
担忧，是怕利润
不会飞回自己枕边。
那是未知明日的俗人，
被浮夸的势利
遮暗了人生的洁白殿堂。

奉献，是无私的爱，
宛如烟火绽放
装点了漆黑的夜空。
有谁怀疑助人为乐？
是那些冷漠如冰者，
盖上了无情的印记和纹章。

花与藩篱

假如我是一朵花，
明艳成熟的太阳花。
盛开在自由之夏
那藩篱会不会远离我呢？

无际的藩篱呀 ——
像勒索无尽的监牢，
掌控苍蝇、豺狼、狐狸
阴影下全是花的哭泣。

责任的枷锁下，藩篱不懂花，
恨是爱的语言吗？
笼盖、掌控、挤捏……
还会开花吗？

寄

僵硬的手指，
不易再摸琴，
但能静静聆听你的心灵。

邈远的戏梦，
我不会排演，
只在沉寂中独自欣赏你的演出。

被世人唾弃 ——
软弱、愚笨……
我不敢反驳，
只能默默忍着。

为明日的天空，
无论是黑是白，
锤炼的心一直倔强地仰望着。
不愿低头。

无法表达万分爱情，
文字渐渐成为
虔诚的寄托。
让锤炼的脚步，
伴着夙愿的节奏
一起并肩漫步！

石罅草

绝不像富贵的牡丹花，
凭炫目的花瓣来显耀自己。
绝不学夏天的鸣蜩，
为生活重复烦闷的旋律。
也不像碧纱窗，
借石青来修饰自己。
更不像翠蔓，
披着盘桓的藤枝来包裹自己。

不！我要抛弃这些，
做一棵石罅草。
暴雨过后，
根，紧倚峭壁。
狂风来袭，
叶，侠挥舞剑。

凤凰蹩尔飞过你的领空；
阔妇不会路过你的身旁；
那些爱唱的小鸟，
用琐屑之音萦绕在你耳边。
石罅草，石罅草，
你的叶子不屑向他们舞动，
你沿着无情的青石，
慢慢延伸过去。
像犀利的鹰爪
抓住了栖身的岩石。

向上，向上，向上！
卷浪袭潮，
来鸿去雁。
你在困厄中：摸索着、挣扎着、熬炼着……
—— 坚贞的信念就在这里。

死亡

（一）

死亡充满每个角落，
东，西，南，北。
—— 我们也是死亡。

（二）

在我们感知和恐惧的一切上
等待、逃避……
死亡都盖上了勋章。

（三）

首先，我们要在欢乐中死亡；
然后，是希望、是恐惧。
若这些都死了，债务便告偿清，
尘土终归尘上，人类谁也逃不脱死亡。

（四）

无论是珍视的一切，
还是憎恶的一切，
都必定像花儿一样凋谢。
那是无情的命运，
所赐给生者的礼物。
如果没有死亡，
我们所期盼的明天
还会值得珍惜吗？

我的人生

啊，这不是我想要的人生
我早知道这世界
有恶人、有丑陋、有冷漠……
不企图侥幸：
不被挫折跌落便体悟人生迷宫，
不被痛苦折磨便通过崎岖山路，
其实，我已看清世人的心灵。
当我走在你们中间，
用铠甲武装软弱的心胸，
用过分孝悌掩盖真挚的感情，
用大海安抚众人诋毁的创伤。
他们仍用金钱胁迫，
只有坚定不做傀儡，
才能承受轻蔑嫉恨的不幸。

无题（A）

（一）

我在绵雨中漫步，
她在秋叶中远行；
当我向温柔的黎明瞻望 ——
她却蜗居在寒夜的严霜之中
是什么使她失去了快乐的气息？
我辗转三思：
是苦寒的风，
刮伤了她粉嫩的脸颊？
抑或是无情的热，
灼伤了她雪白的皮肤？

（二）

昨天，她告诉我
世界是璀璨的；
今天，她又告诉我
世界是黑暗的。
她是我生长的土地，
却不真实地告诉我，
世界究竟是怎样的？
当我向她请教，
她莫名向我喷火。
当我向她示意，
她傲然扭开头去。
让我如何崇敬她？

（三）

我在远程中，透过忧烦
像嫩黄的芽儿，
宣誓着：发展自己。
像参天的松柏，
宣誓着：迎击暴风骤雨。
像孔雀的羽毛，
宣誓着：贡献自己。

（四）

夜空啊！
有一颗星没有光，
有一棵树没有叶，
我的思绪中
满是你寂静的沉默。
你的神秘，
没有人解答得了。

无题（B）

（一）

一条小街：
盘根错节延伸过去，
经过轩敞大道 ——
曲折的、
严峻的，
荡漾起清脆的歌音。

（二）

一条小溪：
平平荡荡流淌下去，
经过高山深谷 ——
自由的、
静寂的，
抑扬起欢乐的嗓音。

一条小溪：
—— 我久违的朋友
感谢你为我解答了
久闷的问题。
我奋斗这二十年，
都在你的言辞中流淌，
这就是有生者的幸运。
—— 遇到你
小溪啊，小溪
你像明镜一样照亮我。

一条小溪：
寻觅着遥远的东方，
永不停息，傲然不顾
前方有多少鹅卵石，
你依然乘风破浪。
—— 这是你的快乐。
愿青年人的快乐
都和你一样：
在平荡曲折中前行，
在柔和清晨中平流。

肖邦的音乐

我梦见音乐，肖邦的旋律，
从逍遥的生活之地走向他神妙的琴；
应着他的弹指，庄严的琴声，
如飞蛇在黄山三十六峰半腰中
盘旋穿越，
震撼了人与人之间冷漠的一切事物，
使那空虚的宝座摇晃，还有监牢……

雄鹰

坚强的雄鹰，高高飞翔
在丛林山巅之上。
披沐着嘉微的光辉，
坚强的雄鹰，打动了多少人的心。
你不像炎夏的浮云，
夜幕从天空降临时，
傲然不顾霹雳风雷的侵袭，
壁垒森严的迫近；
愿你的羽翼
永远翱翔在蔚蓝的天穹。

夜·竹林源

小船啊，轻飘！
溪水，
清冽透明，
船桨，
伴随着溪水，
荡起阵阵歌声！

小船啊，轻摇！
波皱，
皓月浸在水里，
泛起点点金光！
波平，
圆月映入水底，
变成一块玉璧！

溪中，
游荡！
萤虫，飞旋在空中
冲我招摇。
渔夫，静坐在船里
跟我对歌。

竹林，
不是浮云，如磐石。
镶嵌在水藻间，
映射出碧绿的足迹。

烟云，
消散！
眼前一片万顷空阔：
那溪旁的屋舍，
是点点星火，
是夜晚的彩绸。

小船啊，静卧！
我放下船篙：
泉酒涌入我的胸膛，
游鱼在河底嬉戏，
野荠在心底呼唤；
顷刻间 ——
摆弄丝弦，水波漾动。

小船啊，轻飘！
竹林源，
我愿走近你的身旁。
或许，
你只是一股轻烟。
竹林源，
永远荡漾在我的心头！

愿灿烂太阳再闪耀一丝明光

灿烂太阳能再闪耀一丝明光吗？
太阳，明媚的太阳！
你升起在我们的黑夜的上空，
扫除许多冷眼星星；
你已步出了雾中的居所。
如果能再向上迈一步，
就能照亮明日的晨曦，
温暖真挚的野花。

太阳，灿烂的太阳！
也许是我给你太多的要求。
和宇宙相比，
你只跨越几个维度。
但我早已抬头，
嘴角为你划出一道彩虹。

在淤泥中爬行

我，不愿做一只硕鼠，
蝇营狗苟地争一个高低；
我，不愿做一朵凌霄花，
在攀附高枝中找寻虚荣。

我，愿做一只爬龟，
淤泥中拖着尾巴。
如果有人要把我变成金丝雀，
我会怒喊道：不！都去吧！都去吧！
排起长长队伍的学舌鸟，
故弄玄虚地守候着，
投奔回你们自己的遥远天空吧！
—— 那是你们的巢穴。
我已经找到了归宿：
在那深陷的、渺远的淤泥中，
蹒跚前行……

这一支枯笔

这一支枯笔：
握起它吧！
愤恨在脑中激跃，
何时才能放下？
矛盾在心中游荡。

这一支枯笔：
它被无数冷蔑者讽笑，
承受成堆的挫败。
却终究紧握手中。

这一支枯笔：
举起它吧！
即使无人赞赏，
留下的 ——
依旧是完美的篇章。

第五篇：爱情

湖上的桥

如果你是一座桥，
我愿做你身下的湖。
温和地流淌，
清澈见底。

你的身体，
是温柔的屋顶。
轻轻为我撑开一片天。
你宽厚的跨度，
是我坚定的基石，
执着守候在我身旁。

你被折断了，
还有我强劲的柔纹。
我被吸干了，
还有你的铜丝铁木。

每一次风暴，
桥，依然守护着湖；
湖，静静依偎着桥。
每一道彩虹，
我们一起翘首盼望；
但没有人听懂我们的言语。
假如有一天，

我变成水之精灵，
奔向蔚蓝的天空。
你是否会在同样的纬度
脉脉相望？！

心若彼此长久，
就如朝朝暮暮。
明天，我变成露珠，
回到你的身旁。
与你演绎出一篇彩赋。

月全食

你也在看月全食吗？
看那繁星之中再升月光
黑夜中，它通体暗沉，
却露出小点白光，
寄予明日的晨曦。
旋转不定的月全食啊，
被缝隙间的白光唤醒，
大地上的每束玫瑰花。
迟些再谢好吗？
就算黑暗降临，再无白昼，
依然透着那道隐隐的曙光。
与你牵手，
也到那一刻。

愁

（一）

心中那段凄苦愁闷，
何时才能解脱？
多么盼望逢着一个
意气风发的少年，
坚定举起手中燃烧的火炬：
四书五经是他反叛的导火索，
方块字是他豁然觉慧的意念，
自由神是他永远追随的舞伴。

奋发的少年：
曾飘过我的床头，
像我一样
像我一样地提起奋笔，
寤寐追求荷花中的伊人，
真诚吐露心中的语录，
洒脱趴在畅所欲言的草坪上，
甚至，甘愿牺牲性命
救出困在井里的深爱姑娘。
或者，奋然握刀刺胸
和姑娘永远陷卒于井中。

奋发的少年：
桃花源是他狂妄的乐土，
三跪九叩是他揭露的谬误，
超度孝敬是他自谓的虚伪常道。

（二）

心中那段凄苦愁闷，
何时才能解脱？
画中的少年，
怎会突然消失于天际？
也许，他是上帝的天神，
暂而降临在茫茫人群中，
飘回属于自己的国度。
然后——
用嘹亮的声音，
向上帝汇报人间实情。
却又为何
指引我前往难以逃脱的命运？

（三）

上帝眷顾的侠士：
不是那个触笔亢奋的少年，
却隐隐等待春天的雨露。
微微点起手中的纸烟，
随欲泛着勾魂的眼眸，
为无数痴情鸟开辟飞行的航程。
振翅的蝴蝶：
耳鬓晕着绯红，
脸庞泛起凝固的琼脂，
怎会自如释怀胸中的狂喜？
我试图变成雨露拥抱侠士，
他却蹙额俯首。
我欲变回蝴蝶，
像许愿池的希腊少女
寻找影中的少年；

他却在守望女郎的归宿，
我该变成女郎
去抚慰他孤寂的心灵吗？
可是侠士变成缩头乌龟，
竟然 ——
瞒着我，竭力奔跑，
仰视曼舞的蝴蝶，
高唱短促清脆的凯歌。
不忍戳伤侠士的执着与聪慧，
不禁跌入莫名的震撼与悦动。
或许 ——
背着我，重新寻觅
那三年思慕凝成的白蛇。
飘逸的侠士，
潜卧花香春蛇的首冠：
用浓情诡秘的粗手握住她的背影。
自认他寻着了梦中的微笑？
静思、挣脱、徘徊……
确是上帝为我预设的迷路？

（四）

云中的少年
曾降于我的寒舍，
给我一点
给我一点透悟：
诉说清新豁亮的文字，
洗净我陈年的祈盼，
远离攀藤缠绕的牢笼。

A
却不断逃离在肉食者

用黄金密探乞求暖被的秀才。
当肉食者竖起警令牌，
慌乱拉起侠士的双臂，
揉碎在藻荇的溪水中……
—— 通往铺有苔痕的彼岸。

B

纯善的女郎：
游离在被施压的网膜球，
彷徨在被众人唾骂的恋念，
神秘的侠士：
迫使在被搭建的锁链桥，
仇怨在被嘲讽心疑
那急功近利的汗血马。
寂寥、凄冷、哀伤……
灰蒙的侠士：
用嘶哑的喉咙歌唱
那辽远的金字塔。
像我一样
像我一样颓唐
并行在扭曲幽邃的小巷，
确是上帝所赐的旨意。

C

蛛网缠身的女郎：
逼向食者获取残羹。
缘是那初念受辱的侠士：
助他直奔迢递的金字塔，
甚至，不顾哄笑的婚典
独奔芳草鲜美的桃林。
侠士竟然变回法海，
追捕辗转反侧的女郎，

守住那思慕惆怅的新娘。
难道还要我变成白蛇，
终年软禁在雷峰塔底？！
眼泪、欢笑、深思……
秋黄叶落，光阴如箭
还能张开摧折的双翅吗？

瞻望帘外的少年，
踏着白云的尾巴
淡笑招手，
渐行渐远……

（五）

心中那段凄苦愁闷，
何时才能解脱？
窗外的残月，
沁入心扉，冰冷刺骨。
悠扬的琴声，
如丝一般，
远远飘来。
月的愁
琴的愁
化成宇宙的回响。

第二章

【无题组诗】

无题（1）

孤默中，
岁月祭奠了胜利的凯歌。

嫦娥自由地走了，
无奈的残月啊！

无题（2）

（一）

今天，我若是学者，
我愿撒下所有智慧的种子，
到穷人的泥土中，
慰藉他们的心灵；

明天，我若是诗人，
我愿耕耘生命的哲理，
到富人的田沟。

（二）

谁是最忙碌的 ——
忘记了别人，
也忘记了自己。

无题（3）

我的心
好似一叶孤舟。
飘过波涛汹涌的岁月，
在时间的浪潮里，
愿平平荡荡漂流下去。

无题（4）

我
睁开双眸，
宛若一对明灯，
沉静是我左眼的一滴明亮；
冷暗是我右眼的一抹浑浊。

无题（5）

母亲啊！
撇开你所有的烦愁，
你给予我的梦，
如指缝间的留白不可触碰，
我要的彩虹只是你嘴角的笑容。

我带给你的快乐，
像春日里的雨水缓缓落下，
却不知怎的被你收住。
才知道 ——
你要的白云却是我眉间的皱波。

无题（6）

随风摇曳的苇草啊，
用你卑微柔弱的身躯，
抵挡着狂风的肆虐；
你是大地上飘落的白花，
朝阳不能替你穿上新衣。
随着微风，
你快意地摇摆。
不是因为屈服，
而是欣慰。

屹立不倒的苇草啊，
用你骄傲纤细的双脚，
对抗着骤雨的摧残；
你是泥土里诞生的勇者，
没有羡煞旁人的华丽。
用坚强的内心，
为自己装上思想的彩灯。
淋着细雨，
你欢快地漫步。
不是因为妥协，
而是坚强。

无题 （7）

愚昧的人呵，
从不感同身受，
仿佛置身事外。
妄加推断和评论，
犹如一群无知的瞎子，
披上高贵的外衣。
在铺满彩桌的宴会中：
随意猖狂着、
绘声绘色描绘着 ——
风谲云诡的月明。

无题 （8）

麻木不堪的灵魂，
警醒一点吧！
尘封的往事，
都已过去；
傲雪的寒梅，
早已迎来。
期待 ——
在春暖花开的季节里，
逃离沉沦的空井，
期盼未来的奇迹，
化作脑海中最后一段语录。

无题（9）

我快乐地追逐，
深蓝的天空中 ——
那随风飘荡的彩云，
像风一样自由。
随心而去，对抗起
无数迂腐的愚昧者。
思想若被事实禁锢住，
便是一切苦痛的根源。

无题（10）

参天的松柏，
人们只敬慕，
她巍峨苍劲的英姿。
然而最初她的容貌：
洗净了拼搏的泪痕，
刮伤了挺直的身躯。
留下的 ——
是那顶天立地的气魄，
却早被世人远远淡忘。

无题 （11）

可怜的灾区朋友啊，
对不住你！
我所能付与的慰安，
只是轻描淡写的言语，
它远远不够。
我所能送予的温暖，
不是仅存的厚重毯子，
就是屈指可数的首饰。

灾区的朋友啊
我敬佩你：
用韧心谱写自己的战歌，
用黎明抚慰逝去的难民，
用重拾的双手竖起
再建家园的意念。

无题 （12）

朋友啊，
请不要对我投以期待的眼神。
在岁月的泥潭里，
我早已迷失自己。
将你无限的亢奋，
留给插上蜡烛翅膀的伙伴。
我只是受思想束缚的封闭者，
消沉太久。

无题（13）

快起来！
屋里的庸人 ——
沉睡于消逝的过去，
迷恋于昨晚的梦境。
璀璨的明光来了，
请换上光鲜的外套。
然后 ——
我，用清晨中第一道曙光，
照亮那些腐朽的灵魂。

无题（14）

艺术美的交流，
何处寻它？
像一个似曾相识的梦，
如此虚无缥缈，
难以捉摸。
如一个多年不见的朋友，
如此亲密无间，
畅所欲言。

微笑之前，
言语之后，
契合之妙理在美中升腾。

无题（15）

思绪，
如热血在心中沸腾。
沁入笔尖，
空白纸上烙下的 ——
是一道道鲜明的印记。
如巨蟒一般，
盘根错节的惆怅。

无题（16）

传统的偏见，
如团团缭绕的云雾，
弥漫四周。模糊了
我，追寻东方的眼睛。
世俗的平庸，
如处处阴暗的沼泽，
潜伏身旁。吞噬了
我，追逐前程的意志。
天性的胆怯，
如双双巨大的魔爪，
围揪青年冲破宇宙的野性。

无题（17）

生活的风，
不要如此残酷无情，
吹灭我手中的蜡烛！
它是我心中唯一的牵挂。

未来的梦，
怎的这般高远呢？
执拗挑起血液中的因子
它是我生命中渐渐消逝的激情。
变成光明闪烁的灯，
重新照亮我
通往喜马拉雅山脚的路。

无题（18）

爬行的龟！
你的步伐如此缓慢，
完美的赛跑者！
何必艳羡，
蔚蓝的天空中
那自由翱翔的飞鸟呢？
你有他不曾体会的稳重。
何必倾慕，
辽阔的田野上
那快如闪电的狡兔呢？
你有他不曾理解的坚持。
曾几何时，
他们有嫉恨你胜利的姿容。
你们——
各有各的美丽天堂。

无题（19）

若生活 ——
只是那华丽的阶梯上，
沾满富荣的苔藓。
你诞生的意义
又在哪里？
是攀上华丽外表的窃喜？
是继承淳朴内在的失落？

若生命 ——
只是那富丽堂皇的宫殿中，
铺满金光闪闪的砖块。
你存在的意义
又在哪里？
是沾染高贵气质的虚荣？
是面临朴素出生的谦卑？

人生啊，人生！
你延续的意义，
又在何处？

无题（20）

纠葛——
那永无结局的纠葛，
是对过去的祭奉，
还是对未来的憧憬？
黎明——
那永无声息的黎明，
是对黑暗的道别，
还是对光明的向往？
流金的岁月中，
那渐渐消失的答案
便是学者的自尽。

无题（21）

聪慧的人啊，
向着朝气蓬勃的骄阳，
用力跑吧！
逃离暮气沉沉的黑夜。
黑暗来了，
定要遮蔽你灿烂的光芒。
觉醒的人啊！
向着光明璀璨的路口，
纵情奔吧！
忘记行行腐朽的站牌。
束缚来了，
定会折断你向往蓝天的翅膀。

无题（22）

年迈的阔老夫子，
那微微颤抖的双手，
散发着金子的味道。
原以为：
自己还是世间的王者，
掌控一切。
思想却早已
落在乞丐的箩筐里
—— 腐蚀糜烂。

无题（23）

天真无邪的孩童，
是伟大的诗人。
你才牙牙学语，
却用最幼嫩的话语，
吐出最真挚的诗句。

无忧无虑的孩童，
是伟大的幻想家。
你才降临世界，
却用最明亮的眼眸，
憧憬最甜美的梦想。

善良可爱的孩童，
是坚强的斗士。
你才蹒跚学步，
却用最坚定的步伐，
走出最美好的未来。

无题（24）

八零后，
信你自己吧！
只有你自己，
才能完善自己
创造自己。

让八零后的心
坚如磐石吧！
拥抱前赴后继的波涛。

无题（25）

人生的反省，
仿佛长鸣的警钟
给予动力；
感受它、理解它。

真正的反省，
出现在沉思的时刻：
它是你深锁的眉头，
而不是嬉笑瞬间的上扬嘴角。

无题 (26)

我的母亲，
愿永远沉酣在你的怀中。
聆听沥沥雨声，
仿佛优美跳跃的音符，
贴入自己的心扉。
当雨滴住了——
容我用最真挚的笔尖
为你写首诗。

无题 (27)

镜中的凡人，
确是现实的写照。
她的光辉，
一览无余。
当她小心伪装，
却要怎样看透？
双手擦拭去的
只是明镜上的一抹灰尘。
内心的光芒，
却如何完全映衬？

无题（28）

平静的河水，
无拘无束地流淌。
—— 无人问津
展翅高飞的海鸥，
是你最好的伙伴。
你的河水，
滋润了他们飞翔的梦想。
随风飘荡的云霞，
是你眼中最美丽的图景。
你的涟漪，
记录了他们的点滴。
映照浮云，
便成大海。

无题（29）

泰山顶上 ——
夕阳无声地落下，
忙碌的游人呵！
你是生活的创造者，
用辗转迁徙的步伐
走遍了黄昏之前的日景。
生活的旋律与色彩，
就在这一刻。

无题（30）

娇贵的紫罗兰，
—— 典雅的气质。
花香，是我时刻追寻的美梦。
花色，是风永远浮夸的明星。
朋友，
别让花色一直欺骗你！

无题（31）

倔强的太阳花啊！
五彩斑斓的花瓣，
难道只是为了
清晨中的一缕阳光而绽放？
微风吹来，
你摇头晃脑地嬉笑着，
仿佛在传达你的喜悦。
黑夜孤寂的守望，
是你对明天美好的期待。
傍晚摇曳地低头，
是你对太阳最好的告别。
—— 世界无知淹没了你

孤芳自赏的太阳花啊！
当你吮吸蓝天赐予的甘露，
当你吸收大地呵护的营养，

只为了在阳光下，
给太阳一个充满活力的拥抱。
—— 宇宙竟无限缩小了。

无题（32）

池里的冷水，
你是如此的无奈。
用最坚强的抵抗，
挽回被加热的命运，
终究面目全非。

执拗的内心，
你是如此的强硬。
用最倔强的言语
诉说对命运的坚持。
—— 不容改变。

无题（33）

喧闹的心，
何时才能沉静下来？
是习惯于骚动的喧哗？
当宇宙万物开始平息，
世间的众生趋于喜悦。
心灵的旗帜早已升起，
照耀我未卜的明天。

无题（34）

彷徨的青年啊！
你的活力，
犹如春雨过后的泥土，
充满清新的气息。
不要让文字的链条，
捆锁住你。
你不是文字的奴隶，
是文字的造物者。
写不出来的，
反是自然的美。

无题（35）

无情的奴隶主，
是命运的祸种。
冰冷的铁链，
束缚了多少热血的灵魂！
娇贵的外套，
隔绝了多少奋斗的旅程。

卑微的奴隶，
是生命的花朵。
单薄的身躯，
抵抗了多少严寒的侵袭。
滴血的双足，

踏过了多少压迫的荆棘。
闪烁的泪珠，
是对命运无奈的抗诉。

奴隶啊，奴隶
你的泪珠
终究化成奴隶主的收成。

无题（36）

不见晨光的贱种，
游荡在宴席中，
铺满富丽堂皇的彩桌。
像是一块块
废弃在炉里的煤炭，
化作重重无聊的火光。

无题（37）

平然的言语，
略显深微。
深厚的情感，
稍显平淡。
智慧者的心啊，
竟是如此的简单！

无题（38）

谁能告诉我 ——
真理是什么？
是苦苦追寻的心如止水？
是忽然闪现的激情澎湃？

谁能告诉我 ——
真理是什么？
是久旱逢甘露的希望？
是望穿秋水的无奈？

真理的明灯，
究竟在哪里？
是在高不可攀的山顶？
是在深不见底的悬崖？

真理的灯火，
感谢她为我指明。
而我所有的疑惑，
不解答。

无题（39）

遗憾啊！
生命中缺少了你，
实在不能。
多少次，
在甜美的梦境中
追寻着你
多少次
在彷徨的思索中，
怀念着你。
在无数的真我中，
你的身影，
必会映衬出我的过去。

无题（40）

小小的生命
用最初灵魂的颤动之音，
演奏无限神秘之语。
诉说起 ——
世界玄妙的命运。
每日奔波的青年
却早已忘记过去。

无题 （41）

假如我是诗人：
我愿用挥洒自如的毛笔，
描出幻境中的奇妙世界。
假如我是琴手：
我愿用细腻柔软的手指，
弹出生活中的彩色音律。
假如我是作家，
我愿用深刻的文字，
道出现实中痛苦的根源。

无题 （42）

可悲的蜘蛛！
网住的只是些尘土。
网不住人间的淤泥
却不停止手里的活儿。

无题（43）

孤独漫步在黑暗长途的道上
如此安静。
远处传来响亮的足音，
是心灵的伴侣吗？
寂寞的尽头，
你在哪里？

远方的光亮，
忽明忽暗，
微弱照亮前方。
脚下的路，
却依然
一步一个脚印。

无题（44）

沉寂渺远的渊井，
射出艳丽红霞的晨光，
点亮了整片天空。
爬吧！向着晨光！
回眸一笑，
别吧！枯井！
它只是一场梦，
痛彻心扉地过去。

猛一回头，才知道：
无知的懦夫仍坐在井里，
不劳而获者竟躺在井里，
欺上媚下的邻人，
愿常年蹲在井里。
醒来！醒来啊！
永远不要躺在枯燥的空井里。

无题（45）

幸运的树枝，
你是高尚的。
在天命的女神手里，
用光芒照亮智者的心扉。

幸运的树枝，
你又是不幸的。
在命运的轮盘里，
用绿叶装点尘世的轮回。

幸运的树枝，
你是无私的。
在自己的生命里，
用智慧寄予生灵的希望！

无题（46）

零碎的语言，
是大海中的一朵浪花。
铺成了
蔚蓝无际的知识地毯。
像银河里的月影，
浸在心灵的湖中。

无题（47）

不要羡慕那些大人，
他们的苦头还在后面呢！
—— 烦闷也隐隐扑来。

无题（48）

人是冷的，
心是热的。
人，凝固了世界
心，融入了世界
否则 ——
心和人一样，
打成死结，
拒绝融化。

无题（49）

我的朋友，
你的心，舞跃起来吧！
让生命的女郎，
绕着你的身姿旋舞。
让生命的彩霞，
照着你的衣襟发光。
让生命的嘉日，
附上淡美的乐章。

无题（50）

冷漠怎就这般难以消退？
是那挥之不去的阴霾，
紧紧勒住了吧。
是那金光闪闪的珠子，
圈圈套住了吧。
洗净嫉妒腐浊的思想，
砍去累累讥讽的瑕疵。
黎明才能缓缓飘来，
否则——
一无所获！

无题（51）

柔韧的小草，
宁愿在寒夜中，
和落花成为同桌——
也不容那夺目的金霞，
给她丝毫荣耀。

无题（52）

惆怅的黑夜，
像污浊的蛛网
缠罩四围，
难以摆脱。
丝丝的细雨，
像零碎的言语
若隐若现，
难以捉摸。
刚拿起本儿，
仿佛还在眼前
记忆的碎片
却在无意中消散。

无题（53）

月啊，
你独来独往，
渐成自己的尊严。
即使夜中的冷眼星，
设下嫉恨的圈套。
你依然逍遥自在，
无所畏惧。

无题（54）

万不可让世人，
委屈了自然！
美的图画
还需淡淡的描，
才能隐隐凸显。

无题（55）

洁白的玉兰花，
你戴着圣洁的高帽，
被压得喘不过气。
最后——
一意要致你死命。
何不让同被春雨
抚慰的大地，
为你解闷，
为你展开温柔的怀抱。

无题（56）

一步一印地颠走，
明日的晨曦，
怎就这般邈远？

黑夜中，
孤独攀行。
前方有光，
却又暗了，
如梦般，
飘忽不定；
迷茫中寻觅着
明亮的指引。
何时才能
到达黎明的山巅？

第三章

【短章】

聪明人

如果你要做聪明人，
请抛弃手里幻想的花，
你眼底尽是春光，
她言语却是团沙。

愤歌

我，握着一把刀，
刻下几行字：
那是对一个下流泼妇的奋笔诟骂。

浮云

昨日，我看见了，
盛夏的浮云。
厚厚的地毯在歌唱，
却怎么也抓不到你的音符。
今天，你又来了，
我不敢碰你。
只能静静仰慕：
因为 ——
你比现实更美丽。

故乡

秋霜后，
才发现
一条小路。

沿着小路，
走回去。

走到爷爷床前，
才知道 ——
他是我的故乡。

恨歌

　一个怀恨在心的人，
走到常青树旁坐下。
握着一把老损的吉他，
他弹了一支歌曲。
其实 ——
是对青春璀璨的光明，
被那伤逝流水所毁的挽歌。

金屋

屋里昏睡的，
是那握着金子的人。
阵阵算命的鼓声 ——
刺不穿他们肥厚的耳膜，
却催醒了杜甫的草堂。

迷

桥上的风景，
映入人的眼帘。
人的眼中，
船在匆匆。
谁的哀愁在动？

蜡烛点亮了你的屋子，
你点亮了别人的梦。

群众

创造新大陆的，
不是随处可见的高楼大厦，
而是起伏波荡的瓦砖。
用绚丽的身姿，
演绎曼妙的舞台艺术。
不是热闹的大街小巷，
而是原野上平凡的泥土。
用清脆的嗓门，
歌颂永远为国撒汗流泪、
默默无闻的平凡者。

网

无意中罩住了，
尘封四年的羽毛。
撕裂、挣扎……
破不了。
明天，也许会断线。

无题

（一）
冷漠的人，
是你讥笑我，
还是我讥笑你？

（二）
时间啊，
正在一分一秒，
消磨着青年的流逝。

叶

风，把树叶
烂在泥里。
噢，
秋风！
绿色的辉煌也有末路。
—— 叶的泪，风的歌

一类人

（一）

摘掉你显贵的高帽，
反讽是你的老谱。

（二）

在自然的微笑里，
隐藏着
一类人的怨嗔。

雨滴

从软泥上的草尖，
滑到脚跟前。
一滴一滴
绽出笑脸。
这是怎样的季节啊！
到处是清的芳香，
到处是新的气息。

冠冕

我
嫩绿的苗儿，
被农夫强制拔高。

我
晨曦的灯火，
在暗沉中熄灭。
本以为能再次点燃，
却不知道，
熄灭后的灯火，
却难以重生。
这是扭曲绳索留下的谬误，
冠冕吗？找到了：
是虚拟的光辉；
是永久的幌子。